JULIET, dans l'Amour filial, *ou la Jambe de bois.*

A Paris, chez Huet, rue St. Honoré vis-à-vis les Jacobins ; N°. 70.

L'AMOUR FILIAL,

OPERA EN UN ACTE.

Par C. A. DEMOUSTIER.

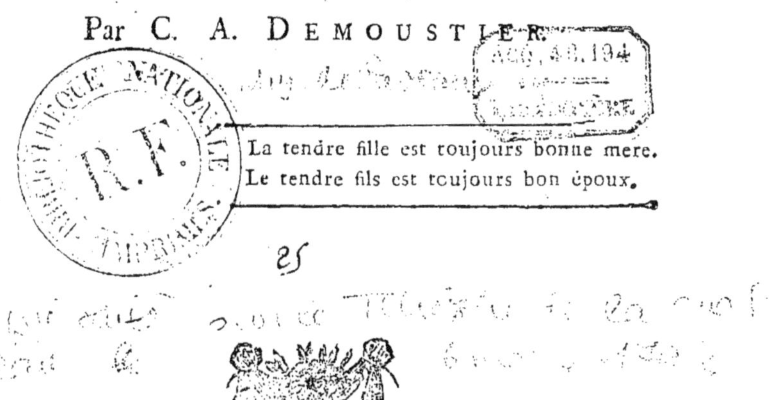

La tendre fille est toujours bonne mere.
Le tendre fils est toujours bon époux.

A PARIS,

Chez HUET, Libraire, Marchand de Musique & d'Estampes, rue Saint-Honoré, vis-à-vis les Jacobins, N.° 70, & au Théâtre de la rue Feydeau;

Et chez les Citoyens DENNÉ & CHARON, Passage de la rue Feydeau.

L'an Second de la République.

PERSONNAGES.	ACTEURS.
ARMAND, vieux Guerrier, Pere de Félix.	VALIERE.
GERMON, vieux Guerrier, Pere de Louise.	JULIET.
FÉLIX.	GAVAUX.
LOUISE.	La Cne. SCIO.

La Scène en Suisse, près de Néfeld.

AVERTISSEMENT.

Au moment où l'on imprime cet Ouvrage, il est à sa cent quatrième Représentation. Il doit ce succès aux grâces naïves de la Musique et au jeu naturel des Acteurs. Je me fais un plaisir de rendre publiquement cette justice à leur zèle et à leurs talens.

L'AMOUR FILIAL,

Le Théâtre représente, dans le lointain, les montagnes de la Suisse ; plus près, des montagnes moins élevées. A droite, une petite cabanne dont on voit l'intérieur ; au milieu du Théâtre, un arbre qui ombrage un banc et une table de gazon.

SCENE PREMIERE.

ARMAND, *endormi sous l'arbre.* FELIX.

FÉLIX.

IL dort encore. Que son sommeil est paisible ! Mon pere, tu souris ! Peut-être tu songes à moi ; ou plutôt tu médites quelque bonne action : ainsi l'honnête-homme jouit, même en songe, & du bien qu'il a fait, & du

Il l'observe de plus près.

bien qu'il veut faire. Comme la joie anime son front serein ! comme le zéphir caresse ses cheveux blancs ! je vais les couronner de fleurs. En s'éveillant, il les sentira sur son front ; je sourirai, il s'attendrira, & nous nous embrasserons.

A 2

Il chante en cueillant des fleurs et formant une couronne.

N.° 1.

JEUNES amans, cueillez des fleurs
Pour le sein de votre Bergere.
L'Amour, par de tendres faveurs,
Vous en promet le doux salaire.
Plein d'un espoir encore plus doux,
Dès que le Soleil nous éclaire,
Je cueille des fleurs, comme vous,
Pour parer le front de mon pere.

Il le couronne.

2.

VOTRE main, au bord des ruisseaux,
Prépare des lits de fougere;
Vous arrondissez des berceaux
Pour servir d'asyle au mystere.
Comme vous, de ces arbrisseaux
Je courbe la tige légere,

(Il forme un berceau sur la tête du vieillard.)

Et de leurs flexibles rameaux
J'ombrage le front de mon pere.

3.

EN accourant à son réveil,
Vous tremblez: que va-t-elle dire?
En sortant des bras du sommeil,
Mon pere, tu vas me sourire.

(Armand se réveille, apperçoit son fils & lui tend les bras.)

Vous lui ravissez quelquefois
Un baiser qu'ignore sa mere.
Moi, chaque matin, je reçois
Le premier baiser de mon pere.

(Il l'embrasse.)

ARMAND.

Bon jour, mon cher Félix, bon jour. Ce cher enfant! toujours gai, toujous eſpiègle ....

Il se débarrasse des fleurs.

toujours bon fils!

En voyant la couronne.

FÉLIX.

Toujours tendre pere!... Mais comme vous êtes frais & vermeil!

ARMAND.

Que veux-tu, mon ami: je ſuis vieux & pauvre, mais je ſuis heureux. C'eſt ici, près de Néfeld, que j'ai combattu il y a aujourd'hui trente-ſept ans. C'eſt-là que, couvert de bleſſures dont je porte les cicatrices, je fus laiſſé pour mort; c'eſt au bord de ce ruiſſeau qu'un jeune ſoldat me ſecourut & périt peut-être victime de ſon humanité: u parti ennemi vint l'attaquer; il m'avait ſauvé la vie; je ne pus défendre la ſienne. Les ennemis le pourſuivirent loin de moi... s'il a ſuccombé, je me reproche ſa mort; s'il vit encore, ma reconnaiſſance ne ſait où le trouver: voilà mon unique chagrin. Du reſte, je vis content. Tu es venu fonder notre cabanne ſur le champ de bataille. J'y ſuis libre & j'eſpère y vieillir encore.

Mon ami, rien ne fortifie tant un vieux guerrier que l'air de la gloire & de la Liberté.

FÉLIX.

Ah ! mon pere, puissiez-vous le respirer long-tems ! votre bonheur sera le mien.

ARMAND.

Mon cher Félix, je connais ta tendresse pour ton pere ; tu connais la sienne pour toi. Aimer son pere, en être aimé, c'est un grand bonheur sans doute ; mais à ton âge, mon ami, ce bonheur-là ne suffit pas.

FÉLIX.

Mon Pere, vous avez nourri mon enfance, élevé ma jeunesse, formé mon cœur, éclairé mon esprit. Je jouis des beautés de la Nature que vous m'avez fait connaître, du charme des vertus que vous m'avez inspirées ; le brave, le vertueux Armand est mon pere, mon frere, mon ami ; que peut-il manquer à mon bonheur ?

ARMAND.

Une épouse.

FÉLIX, *tendrement.*

Vous croyez ?

ARMAND.

Une femme eſt une amie
Dont l'eſprit, dont la douceur,
Dont le commerce enchanteur
Font le charme de la vie.

FÉLIX.

Un bon pere eſt un ami
Qui nous guide & nous éclaire.
Ah ! quel ami, ſur la terre,
Peut-on chérir comme lui !

ARMAND.

Si l'amitié ſuffit à la vieilleſſe,
A la jeuneſſe il faut un peu d'amour.

FÉLIX.

O mon ami ! payez-moi de retour :
Votre amitié ſuffit à ma jeuneſſe.

ARMAND.

Tu m'aimes. Si le ciel t'accorde des enfans,
Leurs ſentimens feront les mêmes.
Ils t'aimeront . . .

FÉLIX, *ému.*

Ils m'aimeront . . .

ARMAND, *vivement.*

Comme tu m'aimes.
Tendrement.
Et leur mere :

FÉLIX, *plus ému.*

Eh bien?... leur mere...

ARMAND, *avec feu.*

Peins-toi son amour vertueux :
Son bonheur sera de te plaire ;
Ton devoir sera d'être heureux.

Félix se trouble.

Qu'en penses-tu?....

FÉLIX, *attendri.*

Après un silence.

.... Hélas! mon pere,
Je crois que l'amour le plus doux

Ensemble.
Est celui que je sens pour vous.

ARMAND, *le serrant dans ses bras.*

Mon fils, que cet aveu m'est doux!

FÉLIX.

Mais il est déjà grand jour. Je vais cueillir des fruits pour notre premier repas. Ce dôme de verdure sera la salle du festin ; ce gazon, la table ; & vous, mon pere, la compagnie. Je ne réponds pas que le repas soit magnifique, mais je réponds bien de l'amitié des convives.

SCENE II.

ARMAND, *seul.*

Il étend sur la table une natte de jonc et place quelques corbeilles.

CE cher enfant, comme il m'aime! Je plains bien ceux qui ne connaissent point ce bonheur-là!

AIR.

QUE je suis heureux d'être pere!
Mon fils est mon consolateur.
Jusques à mon heure dernière
Mon cher fils fera mon bonheur;
Sa main fermera ma paupière.
Que je suis heureux d'être pere!

Précieuse félicité,
Doux plaisir de se voir renaître,
Tout charme secret me pénètre
D'une céleste volupté!

Que je suis heureux d'être pere! &c...

Mais qu'apperçois-je là-bas?... une femme! Est-elle jolie?... elle approche... je vais savoir à quoi m'en tenir.

SCENE III.

LOUISE, ARMAND.

Duo.

LOUISE, *arrivant précipitamment.*

Ah! bon vieillard,
Ah! prenez part
A ma douleur!...

ARMAND, *à part.*

Qu'elle est gentille!

LOUISE.

Par amitié,
Prenez pitié
Du chagrin d'une pauvre fille.

ARMAND.

Parlez, parlez, ma pauvre fille.

LOUISE.

Avez-vous vu passer un voyageur?

ARMAND.

Qu'il est heureux, ce voyageur

LOUISE, *avec impatience.*

Avez-vous vu passer un voyageur?

ARMAND.

Vous l'aimez donc?

LOUISE.

Plus que moi-même.

ARMAND, *riant.*

Ah! c'eſt l'innocence elle-même.

LOUISE.

Ne riez point de ma douleur.
On perd, hélas! tout ſon bonheur
Quand on perd celui que l'on aime.

ARMAND, *gaîment.*

Je ſais qu'on perd tout ſon bonheur,
Quand on perd celui que l'on aime.

ARMAND.

Calmez-vous, mon enfant; je viens de le voir paſſer.

LOUISE.

Comment était-il vêtu?

ARMAND, *embarraſſé.*

Mais... il avait, je crois, un habit... un habit...

LOUISE.

Rouge?

ARMAND.

Préciſément.

LOUISE.

Vous me rendez la vie! De quel côté a-t-il tourné ſes pas?

ARMAND.

Vers cette colline.

LOUISE.

Adieu ; je le ſuis.

ARMAND, *l'arrêtant.*

Vous ne pourrez jamais le rejoindre, car il courait d'un train ! . . .

LOUISE, *triſtement.*

Il courait ? . . . Ce n'eſt pas lui.

ARMAND.

En effet, le moyen de courir quand on s'éoigne de vous !

LOUISE.

Ce n'eſt pas-là la raiſon, mais c'eſt qu'il a une jambe de bois.

ARMAND.

Et vous l'aimez ?

LOUISE.

Il ne m'en eſt que plus cher : c'eſt la ſuite d'une bleſſure honorable qu'il a reçue autrefois.

ARMAND.

Autrefois ? Mais il n'eſt donc pas jeune ?

LOUISE.

Il a ſoixante ans.

ARMAND.

Ce n'eſt donc pas votre amant ?

LOUISE, *baiſſant les yeux.*

Courrais-je après lui? & ne devinez-vous pas que c'eſt mon pere?

ARMAND, *attendri.*

Votre pere? Qu'il eſt heureux! Ah! je connais ce bonheur-là... mais êtes-vous ſûre qu'il ſoit dans ces montagnes ?

LOUISE.

S'il n'y eſt pas encore, il ne peut tarder d'arriver.

ARMAND.

Cette pauvre enfant!... vous paraiſſez excédée de fatigue ; repoſez-vous. Votre pere paſſera par ici, car nous ſommes ſur le chemin de la montagne. Entrez dans ma cabanne ; prenez un peu de repos ; je veillerai pour vous.

LOUISE.

J'y conſens, car je ſuccombe de laſſitude ; mais promettez-moi de m'éveiller dès que vous appercevrez mon pere.

ARMAND, *la faisant asseoir dans la cabanne.*

Oui, mon enfant, je vous le promets. Cette cabanne n'est pas brillante ; mais elle renferme deux trésors bien rares.

LOUISE.

Deux trésors ?

ARMAND.

Oui, l'innocence & la vertu.

Il sort.

SCENE IV.

ARMAND, *sur la scène* ; LOUISE, *dans la cabanne.*

ARMAND.

Ah ! mon cher Félix, voilà bien l'épouse qui te conviendrait. L'amour filial a commencé ton bonheur ; l'amour conjugal l'acheverait. Deux époux vertueux, unissant leurs vertus, sont doublement heureux .... Allons le chercher.

Il s'éloigne.

SCENE V.

LOUISE, *seule dans la cabanne.*

TRIO.

MES yeux se ferment malgré moi....
Mon pere, je suis loin de toi:...
Mais le sommeil me rendra ton image.

Elle s'endort.

SCENE VI.

LOUISE, *endormie dans la cabanne;*
FÉLIX, *portant un panier de fruits & préparant le déjûné.*
ARMAND, *entrant un instant après lui & l'observant.*

FÉLIX.

L'AMITIÉ va, sous cet ombrage,
Présider à notre repas.

ARMAND, *à part, en riant.*

C'est l'Amour qui, sous cet ombrage,
Fera les honneurs du repas.

FÉLIX, *entrant dans la cabanne pour chercher son pere.*

Mon pere ... Ciel! ...

ARMAND, *à part.*

Il est pris.

FÉLIX.

Que d'appas

ARMAND, *le surprenant.*

Eh-bien, mon ami, que t'en semble?

FÉLIX.

Mais . . .

ARMAND.

Tu rougis?

FÉLIX, *rougissant.*

Point du tout.

ARMAND, *lui prenant la main.*

Ta main tremble.

FÉLIX, *tremblant.*

Non.

ARMAND, *souriant.*

Puis-je encor suffire à ton bonheur?

FÉLIX, *regardant tour-à-tour son Pere & Louise.*

Oui ... vous pouvez suffire à mon bonheur.

ARMAND.

Vois, que de graces, de candeur?

FÉLIX, *agité.*

Par pitié, ménagez mon cœur;
Vous le déchirez!

ARMAND.

ARMAND.

Je l'éclaire.

LOUISE, *endormie.*

Mon pere !

FÉLIX, *à Armand.*

Elle appelle son Pere !

LOUISE, *tendant les bras.*

Mon pere, ne me quittez pas.

FÉLIX, *à Armand.*

A son Pere elle tend les bras !

ARMAND, *gaîment.*

C'est à toi qu'elle tend les bras.

LOUISE.

Pourquoi me quitter ? je vous aime.

FÉLIX.

Je vous aime !

ARMAND, *à Félix.*

Je vous aime !
Que de douceur dans ce mot-là !

FÉLIX, *mettant la main sur son cœur.*

Ah ! comme sa voix répond là !

LOUISE, *agitée.*

Il me fuit ! qui me le rendra ?.....

FÉLIX, *s'approchant de Louise.*

L'amour vous le ramenera.

LOUISE.

Le croyez-vous ?

FELIX.

Quel trouble extrême ! . . .

A Armand.

Elle répond !

LOUISE, *tendant les bras.*

Mon pere, vous voilà!....

Elle touche Félix, et s'éveille.

Ah!

Elle se lève précipitamment.

FÉLIX.

Rassurez-vous, daignez m'entendre !

LOUISE, *effrayée.*

Non.

FÉLIX.

Ecoutez-moi.

LOUISE, *plus faiblement.*

Non.

ARMAND, *à part, gaîment.*

Elle l'écoutera.

FÉLIX.

Vous regrettez un Pere tendre :
Reſtez dans cet heureux ſéjour,
Et je pourrai bien vous le rendre.
Il montre son pere.

LOUISE.

Oui, je regrette un pere tendre,
ayerai du plus tendre amour
Celui qui pourra me le rendre.

ARMAND, *à part.*

Leurs cœurs commencent à s'entendre.
A leur âge, en parlant d'amour,
Il eſt aiſé de s'y méprendre.

LOUISE.

Généreux étrangers, je ne vous connaîs que depuis un inſtant; & j'aurais déjà peine à vous quitter, ſi ce n'était pour chercher mon pere.

ARMAND, *la retenant.*

Mais avant de partir, déjeûnons ſous cet ombrage. L'amitié ſera du repas.

FÉLIX.

L'amour ſera du repas.

LOUISE, *s'aſſeyant.*

L'amitié ſera du repas.

FÉLIX, *préſentant une corbeille.*

Voici les plus beaux fruits de notre verger.

ARMAND, *préſentant.*

Voici..... (*Louiſe héſite.*)

FÉLIX.

Choiſiſſez ceux de mon pere.

LOUISE.

Je choiſis l'un & l'autre.

Elle prend dans la corbeille d'Armand, puis dans celle de Félix, qui lui baise la main.

ARMAND.

gaîment à part. Ceci ne va pas trop mal. *haut à Louise.* Peut-on s'informer du ſujet qui vous a conduite & égarée dans nos montagnes ?

LOUISE.

C'eſt un pélerinage que mon pere projetait depuis long-tems.

ARMAND, *gaîment.*

Le bonhomme eſt donc un peu dévot ?

LOUISE.

Le brave Germon eſt pieux ſans doute ; mais il a peut-être moins de dévotion que de courage, & ſon pélerinage était voué à la Gloire.

ARMAND.

A la Gloire ! le brave homme !

FÉLIX, *à Louiſe.*

Aiſi c'eſt la Gloire qui chez nous a conduit l'Amour.

LOUISE.

Dites, la Reconnaiſſance & l'Amitié.

ARMAND, *à part.*

Complimens d'un côté, embarras de l'autre.... Je crois que je ſuis de trop ici. (*Il se lève.*) Ma chere enfant, vous allez pourſuivre votre route : le vin eſt le lait des voyageurs ; je vais vous chercher une bouteille qui...!......

LOUISE.

Je ne bois jamais de vin.

ARMAND.

Une petite pointe fortifie le cœur, & le vôtre en a, je crois, beſoin dans ce moment.

LOUISE, *troublée.*

Point du tout.

ARMAND.

D'ailleurs c'eſt mon fils qui vous le verſera, & vous pouvez compter ſur ſa diſcrétion.

LOUISE.

Sur ſa diſcrétion!

FÉLIX, *tendrement.*

En douteriez-vous ?

LOUISE, *à Armand.*

Allons, je m'en rapporte à lui.... ou plutôt à vous.

ARMAND, *à part.*

Je crois que je ne ferai pas mal d'être un peu long-tems à trouver cette bouteille. *Haut.* Adieu, mes enfans.

SCENE VII.

LOUISE, FÉLIX.

LOUISE.

COMME il vous aime, votre pere !

FÉLIX.

Et comme il eſt payé de retour !

LOUISE.

J'en peux dire autant du mien..... (*triſtement.*) Et votre mere ?....

FÉLIX, *attendri.*

Et la vôtre ?

LOUISE.

Hélas !

FÉLIX.

Je vous entends.

LOUISE, *pleurant.*

Les malheureux ſe devinent.....

FÉLIX.

Et s'aiment.....

LOUISE, *pleurant.*

Ah ! pardonnez-moi les pleurs que je vous fais répandre. Perſonne moins que moi ne voudrait vous cauſer du chagrin.

FÉLIX.

Ces larmes-là ſont douces, & ſur-tout quand elles ſont partagées.

LOUISE.

Vous me le faites éprouver.

DUO.

FÉLIX & LOUISE.

Ma mere au printems de ſa vie

FÉLIX.

Mourut.

LOUISE.

Mourut

Enſemble.

En me donnant le jour.

Chacun à part.

Ah ! quelle étrange ſympathie !
Même malheur & même amour.

FÉLIX.

Mon pere, en regrettant une épouse fidelle,
Hérita de l'amour que j'aurais eu pour elle.
Ce sentiment, jusqu'à ce jour,
A fait le bonheur de ma vie.

LOUISE, *à part.*

Ah ! quelle douce sympathie !
Même bonheur & même amour.

Haut.

Mais peut-être bientôt la vieillesse ennemie
Va d'un pere chéri me priver sans retour :
Ah ! cette crainte empoisonne ma vie.

FÉLIX; *à part.*

Ah ! quelle tendre sympathie !
Mêmes craintes & même amour.

Ensemble.

Grand Dieu ! si je perdois mon pere,

LOUISE.

Je serais seule sur la terre.

FÉLIX.

Je languirais seul la terre.
Encor, si j'avais une sœur !

LOUISE.

Encore, si j'avois un frere !

FÉLIX.

Elle partagerait le poids de ma douleur.

LOUISE.

Il me soulagerait du poids de ma douleur.

FÉLIX.

Ah ! que n'êtes-vous ma ſœur !

LOUISE.

Ah ! que n'êtes-vous mon frere !

Ensemble.

Oui, ſi vous perdez votre pere.

LOUISE.

Louiſe ſera votre ſœur.

FÉLIX.

Félix ſera votre frere.

LOUISE.

Je me ſens déjà votre ſœur.

FÉLIX.

Je me ſens déjà votre frere.
Ma tendre ſœur !

LOUISE.

Mon tendre frere !

SCÈNE VIII.

LOUISE, FÉLIX, *à table.*

ARMAND, *une bouteille à la main.*

ARMAND, *à part, les voyant prêts à s'embraſſer.*

A MERVEILLE ! avertiſſons-les charitablement.

Il tousse, & crie de loin :

Heum ! Heum ! Patience ! voilà que j'arrive.

à Louise, gaîment.

Pardonnez-moi, Mademoiselle de m'être fait attendre.

LOUISE.

Attendre ? au contraire.

ARMAND.

C'est que cette bouteille était si bien cachée, qu'il m'a fallu remuer près d'un cent de fagots pour la déterrer ; & cette besogne m'a tenu plus d'un gros quart-d'heure.

FÉLIX, *à Louise.*

Un quart-d'heure ! auriez-vous cru cela ?

LOUISE.

Pas plus que vous.

ARMAND, *débouchant la bouteille.*

Je ne sais, Mademoiselle, si vous aurez été contente de ce jeune homme.

LOUISE.

Assurément.

ARMAND.

C'est que, pour faire sa cour aux Dames, il n'a pas encore un certain jargon.

LOUISE.

Ah ! tant mieux !

ARMAND.

Il a l'eſprit & le cœur tout neufs.

LOUISE.

C'eſt un défaut malheureuſement bien rare.

ARMAND.

Et puis il n'eſt pas naturellement jovial.

FÉLIX.

Eh ! mon Pere.....

ARMAND, *regardant les yeux de Louiſe.*
Tenez, je gage qu'il ne vous a pas fait rire.

LOUISE, *troublée.*

La confiance vaut mieux que la gaîté.

ARMAND.

Eh-bien ! moi, à ſon âge, j'aurois fait rire les treize-Cantons.

Remettant la bouteille à Félix, qui ſert.

Ceci me rappelle encore ma bonne humeur.

Ils boivent.

Allons, mes enfans, je bois à votre bon voyage.

LOUISE, *vivement.*

N'en ferez-vous pas ?

ARMAND.

Tenez, ma belle enfant, quoique je n'aie pas une jambe de bois, moi, je sens bien que je n'ai plus mes jambes de quinze ans. Ma cabanne est sur le chemin de la montagne; je ferai mieux, je crois, d'attendre ici votre Pere, tandis que vous irez le chercher là-haut avec mon fils.

LOUISE.

Mais, seule avec un jeune homme?....

ARMAND.

Oh! je vous réponds de sa circonspection; je suis sa caution auprès de vous. Il est digne de votre confiance, & je crois même que vous ne la lui avez pas tout-à-fait refusée.

LOUISE, *hésitant.*

Mais....

ARMAND, *l'interrompant.*

TRIO.

ARMAND.

ALLONS, donnez-lui le bras,
Pour vous remettre en voyage.

FÉLIX.

Allons, donnez-moi le bras,
Pour vous remettre en voyage.

LOUISE.

Allons, donnez moi le bras,
Pour me remettre en voyage.

ARMAND.

L'Amitié conduira vos pas.

LOUISE.

L'Amitié conduira nos pas.

FÉLIX, *à part.*

Amour, daigne guider nos pas.

Ensemble.

Allons, donnez-lui/moi le bras,

L'Amitié conduira vos/nos pas.

ARMAND, *à Louise.*

Si vous ne rencontrez pas
Votre pere dans le voyage,
Que vers mon petit hermitage
L'Amitié ramène vos pas.

LOUISE.

Vers votre petit hermitage
L'Amitié conduira mes pas.

Ensemble.

Allons, donnez lui/moi le bras,

Pour vous/me remettre en voyage.

Allons, donnez-lui/moi le bras;

L'Amitié conduira vos/nos pas.

Ils s'éloignent; Armand les rappelle.

ARMAND, *à part à Félix.*

Sur-tout, mon fils, ſoyez bien ſage.

FÉLIX.

Près de la vertu l'on eſt ſage.

ARMAND.

Ne vous fatiguez pas; adieu.
De tems en tems, à l'abri du feuillage,
ſur le gazon repoſez-vous un peu.

LOUISE, FÉLIX.

De tems en tems, à l'abri du feuillage,
Nous nous repoſerons un peu.

ARMAND, *à part.*

Sur-tout, mon fils, ſoyez bien ſage.

FÉLIX.

Près de la vertu l'on eſt ſage.

Tous trois.

Allons, donnez-lui/moi le bras,
Pour vous/me remettre en voyage;
Allons, donnez-lui/moi le bras,
L'amitié conduira nos pas.

Tandis que les enfans s'éloignent, & qu'Armand rentre dans ſa cabanne, Germon arrive au pied de la montagne.

SCENE IX.

GERMON, *seul, ayant une jambe de bois, & s'appuyant sur un bâton.*

TOUT accablé que je suis de fatigue & d'inquiétude, je me sens ranimer à l'aspect de ces lieux. C'est ici que j'ai remporté ma première victoire ; c'est ici que, par une bonne action, j'ai acquis le premier de tous les biens, l'estime de soi-même. On peut être indigent, mais jamais pauvre avec ce bien-là... Mais il en est un autre que mon cœur regrette : Louise, ma chere Louise !... C'est ma faute aussi !... j'ai voulu parcourir seul ces montagnes, j'ai voulu faire le jeune homme, & j'ai perdu le soutien de ma vieillesse.... Elle souffrira peut-être de fatigue & de besoin, tandis que moi-même, affaibli par l'âge & la faim.... Reposons-nous.

Il s'assied sous l'arbre, & voit le repas servi.

Mais que vois-je ? un repas préparé !... ainsi le Ciel ne laisse jamais une bonne action sans récompense : c'est ici que j'ai fait le bien ; c'est ici que le bien s'offre à moi.

Gaîment.

Ma foi, profitons-en.

Il mange avidement.

Voilà des fruits délicieux... Comment donc! & du vin?

Il boit.

Mais c'est qu'il est excellent.

SCENE X.

ARMAND, GERMON.

ARMAND, *à part, sortant de la cabanne.*

QUE vois-je?

GERMON.

Mais excellent! c'est dommage en vérité de boire seul ce vin là.....

ARMAND, *à part, regardant sa jambe.*

C'est lui!

GERMON.

Et de n'avoir pas un ami pour trinquer avec lui.

ARMAND.

Eh! c'est vous! soyez le bien-venu; je vous attendais avec impatience.

GERMON, *se levant avec surprise.*

Moi?

ARMAND.

Vous.

GERMON,

GERMON, *gaîment.*

En ce cas, trinquons enfemble.

ARMAND, *s'affeyant.*

Volontiers.

GERMON.

Pardon, fi je me fuis mis feul à table; mais, en vérité, je ne me doutais pas que vous m'attendiez.

ARMAND.

Mon fils eft allé vous chercher.

GERMON, *triftement.*

Vous avez un fils ? Ah ! ne le quittez jamais.

ARMAND.

Je l'aime trop pour le quitter.

GERMON.

Et lui ?

ARMAND.

Il me chérit autant que votre fille vous aime.

GERMON.

Que ma fille ! .. comment favez-vous ?

ARMAND.

Elle était ici tout-à-l'heure.

GERMON.

Ciel !

ARMAND.

Vous occupez ſa place.

GERMON.

Et où eſt-elle maintenant ?

ARMAND.

Elle vous cherche avec mon fils.

GERMON, *vivement.*

Avec votre fils !

ARMAND.

Oui, un garçon ſage comme moi, qui ſuis Grenadier depuis quarante ans : il vous la ramenera.

GERMON.

Bientôt ?

ARMAND.

Dans une heure, peut-être.

GERMON, *triſtement.*

Dans une heure !

ARMAND.

Allons, buvez-un coup pour prendre patience.

Il verse.

Cela fait couler le tems.

GERMON, *gaîment.*

Oui, le vin & l'amour.

ARMAND.

Quant à l'amour, je crois que c'eſt pour nous l'hiſtoire ancienne.

GERMON.

C'eſt à préſent le tour de nos enfans.

ARMAND.

Eh-bien! mon fils prétend, lui, n'être amoureux que de ſon Pere.

GERMON.

Et ma fille, ne me jure-t-elle pas ſans ceſſe que ſa tendreſſe pour moi ſuffit à ſon bonheur?

Ensemble.

Ces chers enfans!

ARMAND.

En honneur, mon fils m'édifie; il vaut mieux que moi, ſans vanité.

GERMON.

Et ma fille donc, ne me fait-elle pas faire des réflexions ſur mes petites fredaines?

ARMAND.

La bonne conduite des enfans n'eſt que trop ſouvent la leçon des Peres.

COUPLETS.

QUAND j'avois l'âge de mon fils,
A mon Pere j'étais soumis.
J'aimais, j'honorais sa vieillesse;
Mais mon cœur mettait de côté
Un peu d'amour pour la Beauté.
J'ai bien payé tribut à la tendresse .....
Lorsque j'en avais le moyen;
Mais à mon fils je n'en dis rien,
Je n'en dis rien.

GERMON.

Vous faites bien.

GERMON.

Moi, voici mon raisonnement :
Puisqu'on doit chérir tendrement
Ceux à qui l'on doit la lumiere,
Ne négligeons point les Amours;
Ils sont les auteurs de nos jours.
J'ai bien brûlé de l'encens à Cythere....
Lorsque j'en avais le moyen;
Mais ma Louise n'en fait rien.

ARMAND.

Vous faites bien.

GERMON.

Des brunes, j'étais amoureux.

ARMAND.

Les blondes me convenaient mieux.

Ensemble.

J'aimais les unes & les autres.

GERMON, *attendri.*

Quels ſouvenirs délicieux !

ARMAND, *de même.*

Les larmes m'en viennent aux yeux !

GERMON.

Vous me direz vos exploits.

ARMAND.

Vous les vôtres.

Ensemble.

Mais entre nous cet entretien :
Que nos enfans n'en ſachent rien !

SCENE XI.

ARMAND, GERMON, *ſur le devant de la ſcène.*

FÉLIX, *paroiſſant ſur la montagne, & appercevant* GERMON *avec ſon Pere.* LOUISE, *arrivant un moment après lui.*

FÉLIX, *appellant.*

Louiſe !

ARMAND, *écoutant.*

J'entends la voix de mon fils.

GERMON.

Et ma fille ?

ARMAND.

Elle eſt avec lui.

GERMON, *regardant.*

Je ne l'apperçois pas.

ARMAND, *écoutant.*

Paix donc !

FÉLIX, *appellant.*

Louiſe !

ARMAND.

Il l'appelle.

LOUISE, *sans être vue.*

Félix !

GERMON.

Elle répond !

LOUISE, *approchant sans être vue.*

Félix . . ! . . . .

FÉLIX.

Accourez-donc !

LOUISE.

LOUISE, *arrivant essoufflée sur la montagne.*

Avez-vous vu mon Pere ?

FÉLIX, *le lui montrant de loin.*

Le voici.

GERMON & ARMAND, *la voyant paraître.*

La voici !

Germon, soutenu par Armand, court vers sa fille et trébuche à chaque pas.

LOUISE, *se précipite vers son pere & tombe à plusieurs reprises.*

FÉLIX *la porte jusques dans ses bras.*

ARMAND, *montrant ce tableau à Félix.*

Comme ils sont heureux, mon ami !

FÉLIX, *dans les bras d'Armand.*

Eh ! ne le ſommes-nous pas auſſi ?

GERMON.

Que de bonheur à-la-fois ! je retrouve ma fille, & je contemple auprès d'elle ces lieux témoins des mes premiers combats.

ARMAND.

Camarade, il y a long-tems que vous avez combattu pour la première fois.

GERMON.

Il y a aujourd'hui trente-ſept ans.

ARMAND, *vivement.*

Trente-ſept ans ! ſerait-ce à la bataille Néfeld ?

GERMON.

J'y combattais à la place même où nous ſommes.

ARMAND.

Et moi à vingt pas d'ici.

GERMON.

Je vois encore l'ordre, le plan & la marche de la bataille.... Ecoutez ceci, mes enfans, & quand vous jouiſſez des douceurs de la Liberté, n'oubliez jamais que vous la devez au ſang de vos

Perès.... Les ennemis étaient campés ſur le penchant de cette colline : leur aîle gauche s'étendait le long de ces rochers.

ARMAND.

Juſtement : près de la vallée, s'avançait notre corps de bataille ; là, notre aîle droite ; ici le corps de réſerve.

GERMON, *vivement.*

Préciſément... j'en étais ſergent.

ARMAND, *ôtant ſon chapeau.*

Sergent ! & moi caporal.

GERMON, *ôtant ſon chapeau & montrant les enfans.*

Caporal ! ... Voilà des enfans de braves gens.

ARMAND.

Oui, braves ! Cependant le nombre nous accabla, & nous fûmes contraints de plier au premier choc ; moi-même je tombai mourant.

GERMON.

Oui, mais le corps de réſerve étoit là.

ARMAND.

Il fut notre ſauveur.

GERMON, *avec feu.*

A qui le dites-vous ?.... A la vue de nos

freres terrassés, la fureur nous transporte; nous tombons comme la foudre; tout cède, tout se disperse, tout s'anéantit devant nous; mais les corps de nos ennemis amoncelés embarrassent nos pas, favorisent la retraite des fuyards, & la multitude des morts sauve le reste des vivants.

ARMAND, *transporté de joie.*

Je vois encore tout cela. Vous me rajeunissez de trente-sept ans!

GERMON, *se mettant en garde.*

J'en renversai quatorze à ma part.

ARMAND.

Quatorze!.... Et moi donc!.... si je n'eusse pas été blessé.

GERMON.

Mais je fis mieux encore.

ARMAND.

Mieux! comment?

GERMON.

Là, je sauvai la vie d'un compatriote.

ARMAND.

Jeune?

GERMON.

De vingt ans.

ARMAND, *vivement.*

Et c'eſt là?....

GERMON.

Que j'étanchai le ſang qui ſortait de ſa poitrine, & qu'un peloton d'ennemis me ſurprit & me pourſuivit juſqu'aux montagnes.

ARMAN, *à part.*

C'eſt lui!

GERMON.

Je fus bleſſé.

ARMAND.

Bleſſé!....

GERMON.

Oui; mais en récompenſe, depuis ce tems, pour prix de mes exploits, j'ai l'honneur de porter une jambe de bois.

ARMAND, *ſe jettant dans ſes bras.*

Mon cher libérateur!

GERMON, FELIX, LOUISE.

Ciel!

ARMAND.

Ce jeune homme.... cette bleſſure mortelle...

GERMON.

Eh-bien !

ARMAND, *découvrant ſa poitrine.*

Reconnaiſſez la cicatrice.

GERMON, *vivement.*

Oui, je la reconnais .... laiſſez-moi la conſidérer.... mes larmes m'empêchent de la voir. (*Ils s'embraſſent*) Mon brave camarade!

FELIX.

Hélas! pourquoi faut-il que le ſalut de mon pere vous coûte ſi cher!

GERMON.

Mon ami, la vie d'un honnête homme ne coûte jamais ce qu'elle vaut.

ARMAND.

Mais cette infirmité....

GERMON.

Eſt pour moi une ſource de jouiſſances continuelles, puiſque je ne puis faire un pas ſans me rappeller que j'ai eu le bonheur de ſauver mon concitoyen & mon ami.

ARMAND.

Oui, votre ami inſéparable! Mon exiſtence eſt à vous; je l'attache à la vôtre, & vous ſuivrai juſqu'à la mort. Hélas! pour la première fois, je regrette les dons de la fortune. Si le ſort m'en eût favoriſé, avec quelle joie je les euſſe partagés!

GERMON.

Eh! mon ami, ne ſommes-nous pas aſſez riches l'un & l'autre avec ces deux tréſors?

Il montre les enfans..

ARMAND.

Il eſt vrai.

FÉLIX.

Eh-bien! pour doubler votre fortune, uniſſez vos richeſſes.

LOUISE, *à part.*

Ah!

ARMAND, *à part à Germon.*

Mais comment nous y prendre?

GERMON, *à part à Louiſe.*

Ma Louiſe, que me conſeilles-tu?... Eh-bien! mon enfant, tu dis donc que?...

LOUISE.

J'imagine un moyen.

FÉLIX.

Quel eſt-il?

LOUISE.

Si nous pouvions élever notre cabanne à côté de la vôtre ?

ARMAND.

Nous formerions un treizième Canton.

GERMON.

gaiment.

Oui, nous en ferons les fondateurs. Pour vous, mes enfans, la ſuite vous regarde.

ARMAND.

En conſéquence,

VAUDEVILLE.

MES chers enfans, uniſſez-vous,
Vous ſerez heureux, je l'eſpere.
La tendre fille eſt toujours bonne mere,
Le tendre fils eſt toujours bon époux.
De votre amitié conjugale
Naîtront de jeunes ſucceſſeurs
Qui vous feront éprouver les douceurs
De la piété filiale. *bis.*

GERMON.

En hiver ainsi qu'au printems,
Le bonheur naît de la tendresse :
L'homme à vingt-ans adore sa maîtresse,
A soixante ans il chérit ses enfans.
Par les premiers feux qu'il exhale,
L'amour enivre notre cœur :
Sont-ils éteints, il fait notre bonheur
Par la piété filiale. *bis.*

LOUISE & FÉLIX.

Sous deux vénérables ormeaux
Qui les couvrént de leur feuillage,
Deux rejetons à-peu-près du même âge,
En s'élévant unissent leurs rameaux.
A la tendresse conjugale
Vous prêtez votre ombre aujourd'hui;
Vous trouverez quelque jour un appui
Dans la piété filiale. *bis.*

LOUISE, *au Public*

De la Vertu, sans ornement
On doit toujours peindre l'image.

Ne cherchez point d'esprit dans cet ouvrage,
Il n'est dicté que par le sentiment.
Pour en pratiquer la morale,
Embrassez vos parens ce soir,
Et par amour remplissez le devoir
De la piété filiale. *bis.*

FIN.

A Paris, de l'Imprimerie des SOURDS-MUETS, rue du Petit-Musc, près l'Arsenal.

www.ingramcontent.com/pod-product-compliance
Ingram Content Group UK Ltd.
Pitfield, Milton Keynes, MK11 3LW, UK
UKHW021031180726
13838UKWH00004B/1731